La rivière sans retour

À tous les petits marins d'eau douce.
M. Cantin

Pour trois p'tits marins de Malaisie,
Hector, Mattéo et Hugo.
S. Pelon

Les mots du texte suivis du signe * sont expliqués
sur le rabat de couverture.

www.editions.flammarion.com

87, quai Panhard-et-Levassor – 75647 Paris Cedex 13
Dépôt légal : août 2008 – ISBN : 978-2-0812-1079-0 - L. 01EJEN00194.C003
Loi n°49-956 du 16 juillet 1949 sur les publications destinées à la jeunesse

Marc Cantin

Sébastien Pelon

La rivière sans retour

CASTOR POCHE Flammarion

Chapitre 1

Au bord de la rivière

Paco, l'aigle à tête blanche, décrit de larges cercles dans le ciel.

– Arrêtons-nous ici, déclare le chef des P'titipis. C'est un bon endroit.

Le voyage se termine enfin.

La tribu s'installe près de la rivière pour y passer le printemps. Tous les Indiens se mettent au travail : certains dressent les tipis, d'autres fabriquent un enclos pour les chevaux... Nitou, lui, entraîne Fati près de la rivière.

– Si j'avais un canoë, confie-t-il à son amie, on pourrait aller se promener sur l'eau.

– N'y songe pas, intervient son père, en rejoignant les enfants. La rivière est dangereuse. Tout ce qui part avec elle ne revient jamais.

Pour montrer à Nitou qu'il dit la vérité, le chef des P'titipis ramasse un morceau de bois qui traîne sur la berge*, et le lance dans l'eau.

La branche est aussitôt emportée par le courant, loin, très loin, et si vite qu'elle disparaît en un clin d'œil.

– Mais les saumons..., proteste Nitou. Quand ils sont petits, ils partent avec la rivière, et une fois grands, ils reviennent !

– Les saumons peuvent faire cela, admet son père. Mais toi, es-tu un saumon ?

Fati éclate de rire. Nitou fronce les sourcils.

– Non, je ne suis pas un poisson, ronchonne-t-il.

– Alors, reste sur la terre ferme, lui conseille son père avant de retourner surveiller l'installation du camp.

– Ton père a raison, affirme Fati. C'est vrai que la rivière est méchante. Allons jouer ailleurs.

– Mmm… Je te rejoins, bougonne Nitou.

Tandis que son amie s'éloigne, il s'attarde encore un peu au bord de l'eau, car Saumon-Agile vient d'arriver. Cet Indien est capable de dompter la rivière : c'est lui qui est chargé de pêcher le poisson pour la tribu.

Il sait construire un canoë aussi vite qu'un tipi. Il assemble déjà les morceaux de bois qui serviront d'armature* au bateau, puis il déplie les peaux huilées que l'eau ne peut traverser.

Nitou observe Saumon-Agile : le petit Indien a une idée derrière la tête…

Nitou a très envie de faire un tour en canoë mais son père le lui défend : la rivière est dangereuse.

Chapitre 2

En avant !

Le soleil est sur le point de se lever. Perché sur le totem planté la veille, Paco, l'aigle à tête blanche, dort encore. Nitou quitte son tipi sur la pointe des pieds et se dirige vers la rivière.

Saumon-Agile a laissé son canoë sur la rive…

Dans les toutes premières lueurs du jour, Nitou pousse l'embarcation sur l'eau et saute à l'intérieur !

– À moi, l'aventure ! murmure le jeune Indien.

Bien sûr, le canoë est attaché à une corde solidement nouée à un piquet. Nitou reste donc sur le bord, mais c'est déjà beaucoup. Il entend le clapotis* de l'eau autour de lui, il sent l'embarcation tanguer*, et son cœur qui bat un peu plus fort !

Il saisit la pagaie posée tout au fond du canoë et fait semblant de ramer pendant que le soleil se lève.

C'est alors qu'une ombre apparaît sur la rive. L'ombre d'un Indien pas très grand :

– Si Saumon-Agile te voyait, il ne serait pas content !

Nitou se retourne : évidemment, cette voix ne peut être que celle de Chogan, son ennemi juré. Nitou ne l'aime pas car il cherche toujours à lui jouer des mauvais tours.

– Laisse-moi tranquille, répond le jeune Indien. Je ne fais rien de mal. Je joue.

– Tu joues ? se moque Chogan. Tu es si peureux que tu n'oserais même pas monter dans ce canoë s'il n'était pas attaché.

Nitou hausse les épaules et continue de pagayer sans prêter attention à ce casse-mocassins. Il savoure les premiers scintillements de la rivière. C'est une belle journée qui commence.

Seul sur la berge, Chogan demeure silencieux. Un sourire qui ne laisse présager rien de bon se dessine sur son visage. Lentement, il s'approche du piquet où la corde qui retient le canoë est attachée.

Et il défait le nœud !

Chogan a encore joué un mauvais tour à Nitou : il a détaché son canoë de la berge.

Chapitre 3

Trop vite !

Nitou sifflote gaiement.

– Je suis le plus grand navigateur ! lance-t-il en plongeant la pagaie dans l'eau. Je suis le meilleur pêch... Mais... J'AVANCE !

Le petit Indien se retourne : les tipis s'éloignent à vue d'œil ! Sur la rive, il aperçoit Chogan qui se tord de rire.

– Le traître* ! enrage Nitou.

Mais la peur remplace vite la colère. Le courant entraîne le canoë et son passager de plus en plus rapidement. La rivière gronde comme si elle se fâchait soudain.

– Du calme, du calme…, se répète Nitou. Avec la pagaie, je vais essayer de me diriger vers la rive.

Il plonge sa rame dans l'eau. Une fois, deux fois, mais la troisième fois, elle heurte un rocher et lui échappe des mains !

– Oh nooon !

Les larmes au bord des yeux, le petit Indien regarde la pagaie s'éloigner.

– Fati avait raison, renifle-t-il. Cette rivière est méchante.

Et le canoë file de plus en plus vite sur l'eau !

– Hé, Nitou ! Qu'est-ce que tu fais là ?

Le jeune Indien reprend espoir. Kébec, le chef des castors, l'appelle depuis la rive. Il termine de couper un arbre pour construire un barrage.

– Je ne peux pas m'arrêter ! crie Nitou. Et je n'ai plus de pagaie ! Aide-moi !

– Ne panique pas, je vais te sortir de là, promet le castor.

Il frappe alors le sol de sa large queue plate pour alerter ses frères. Ceux-ci le rejoignent en courant, les pattes encore chargées de branches. Ils se précipitent sur le barrage en construction qui s'avance déjà jusqu'à la moitié de la rivière.

– La corde ! hurle Kébec. Envoie le bout !

– La corde ? se lamente Nitou. Quelle corde ?

Il va passer près du barrage quand, en voyant ses amis pointer leurs pattes vers l'arrière du canoë, il se souvient que la corde y est toujours attachée !

Le canoë est emporté par le courant, mais, heureusement, le chef des castors a compris que Nitou était en danger.

Chapitre 4

Tous au travail !

Nitou récupère la corde et la lance aux castors.

– Je la tiens ! dit Kébec.

Hélas, dès qu'elle se tend, le castor est entraîné à son tour !

– Taberna-a-a-cle[1] ! s'exclame-t-il en rebondissant sur les rondins de bois. Venez m'aider, vous autres !

Un second castor s'accroche à la corde, puis un troisième, un quatrième et un cinquième ! Ils ressemblent bientôt à une grosse grappe de raisin ! Ils réussissent à ralentir le canoë, mais pour le retenir il faudrait qu'un sixième castor vienne les aider.

[1] Tabernacle : mot québécois indiquant l'étonnement.

– Toi, là-bas ! appelle Kébec. File-nous un coup de patte au lieu d'niaiser[2] !

Le sixième castor, le plus jeune, rejoint ses frères en serrant un paquet de branches entre ses pattes.

[2] Niaiser : mot québécois signifiant perdre son temps, paresser.

– Jette ce bois ! se fâche Kébec. Et attrape cette corde avant qu'elle nous entraîne au bout du barrage !

Mais le jeune castor secoue la tête. Jeter les branches qu'il a mis si longtemps à couper et à tailler : ça non !

– Je vais plutôt coincer la corde entre mes dents, dit-il en s'avançant. Ça reviendra au même.

– Avec tes d… Noooon ! hurle Kébec.

Mais il est déjà trop tard. Les grandes dents aiguisées du jeune castor coupent net la corde… et le canoë de Nitou reprend sa route.

Les castors s'unissent pour sortir Nitou de la rivière, mais l'un d'eux coupe accidentellement la corde avec ses dents !

Chapitre 5

Un nouveau danger

Le canoë file à la vitesse du vent ! Tout autour de lui, l'eau bouillonne comme dans une marmite sur le feu.

– Pourquoi le courant est-il de plus en plus fort ? se demande Nitou.

Jamais il n'aurait imaginé qu'un bateau puisse être aussi rapide !

Mais bientôt, il entend un drôle de bruit. Un grondement. Un long roulement de tonnerre sans fin.

BrrrrRRRRRRRRRRRRR !

Nitou regarde le ciel sans comprendre. La journée s'annonce ensoleillée. Il n'y a pas l'ombre d'un orage.

BrrrrRRRRRRRRRRRR !

– Oh non ! s'exclame le petit Indien. Une chute d'eau !

Devant lui, la rivière disparaît dans une épaisse brume blanche ! Le courant entraîne Nitou vers cette cascade. Il s'imagine déjà basculant dans le vide !

– J… Je dois absolument trouver une idée, bafouille-t-il.

Le malheureux repense alors à la corde : il en reste encore une bonne longueur accrochée à l'arrière de son canoë. Il se dépêche de la sortir de l'eau et fabrique un nœud coulant à son extrémité. Juste avant que la rivière ne se transforme en cascade, il y a quelques rochers pointus qui sortent de l'eau.

– J'ai intérêt à bien viser, songe Nitou en coinçant sa langue entre ses dents.

Son lasso de fortune part dans les airs et s'enroule autour de la pointe d'une roche. Le canoë continue sa course. Il est déjà prêt à tomber…

– Mamaaan ! gémit Nitou.

Alors, la corde se tend et retient le bateau ! Le jeune Indien reste agrippé à son canoë juste au sommet de la cascade… Heureusement, le courant ne peut plus entraîner son bateau, et le petit Peau-Rouge commence alors à reprendre des couleurs.

Crrrrac !

Mais l'eau pousse l'embarcation si fort que la corde s'apprête à céder !

Nitou a pu s'accrocher à un rocher pour éviter de tomber dans la cascade, mais la corde est sur le point de se rompre...

Chapitre 6

C'est la fin !

CRAC !

– *AAAAAAH !* hurle Nitou.

Ce n'est pas la plume qu'il a sur la tête qui l'aidera à voler ! Il tombe avec son canoë, les bras tendus vers le ciel.

C'est alors que deux serres puissantes saisissent ses poignets ! Et la voix rassurante de son ami Paco résonne au-dessus de lui :

– J'arrive au bon moment, dit l'aigle à tête blanche.

– Paco ! s'écrie Nitou, suspendu dans les airs. Comment as-tu su que j'étais ici ?

– Ce n'est pas un secret, explique le grand rapace. Chogan raconte à tout le village que tu as volé le canoë de Saumon-Agile.

– C'est faux ! Je n'aurais peut-être pas dû jouer dans le canoë sans lui demander la permission, mais c'est Chogan qui l'a détaché !

–Je le sais, lui confie l'aigle. Je dors toujours d'un seul œil, et je vois tout du haut du totem !

Il décrit un cercle au-dessus des chutes, puis repart vers le village.

– Le canoë de Saumon-Agile s'est brisé, regrette Nitou. J'espère qu'il ne m'en voudra pas.
– Je crois surtout que tout le monde sera soulagé de te retrouver en vie !

Quelques minutes plus tard, Nitou arrive au village après avoir survolé le barrage des castors. Paco le dépose délicatement au sol et toute la tribu se précipite vers le petit Indien.
– Nous avons eu si peur ! soupirent ses parents en le serrant dans leurs bras.
– Moi aussi, tu sais, j'ai eu très peur, lui murmure Fati à l'oreille.

Mais déjà un cri s'élève au-dessus du village.

– Au secours ! appelle Chogan.

Paco l'a attrapé par la culotte. L'aigle monte dans les airs et le jeune Indien continue de crier en gesticulant.

– Lâche-moi, sale rapace !

– Tes désirs sont des ordres ! ricane Paco en survolant la rivière.

– Nooooon ! Ne me lâche pas ! Pitiéééé !

– Es-tu prêt à dire la vérité ? demande l'aigle.

– Oui ! Oui ! hurle Chogan. C'est moi qui ai détaché le canoë ! C'est ma faute !

Pendant que Paco ramène le jeune Indien sur la rive, le chef des P'titipis réfléchit à une punition que Chogan n'oubliera pas de sitôt.

Quant à Nitou, il se rapproche de Saumon-Agile et lui propose :

– Si tu veux, je pourrais t'aider à construire un nouveau canoë ?

– Avec plaisir, répond Saumon-Agile. Et ensuite, je t'apprendrai à naviguer.

– Oh oui ! J'aimerais beaucoup.
– Et moi ? intervient Fati. Je pourrai venir aussi ?
– Bien sûr, approuve Saumon-Agile. Il suffira juste de construire un canoë un peu plus grand. Ainsi, Nitou aura toujours une amie pour veiller sur lui.
– Bien parlé, Saumon-Agile, lance Paco en reprenant sa place en haut du totem. C'est important, dans la vie, de veiller sur ses amis !

1 L'auteur

Marc Cantin :

« Selon moi, l'invention du canoë est bien plus importante que l'invention du moteur à explosion et de la voiture. Le canoë est un merveilleux moyen de transport, utilisé aussi bien par les Inuits dans le Grand Nord, que par les Indiens d'Amazonie. S'asseoir dans un canoë, c'est un peu comme poser ses fesses sur la rivière, et se laisser porter par elle.

Bien sûr, ce n'est pas de tout repos. Il faut pagayer, se battre parfois avec quelques branches, lutter contre le courant et éviter les rochers... Mais quel bonheur d'avancer au fil de l'eau, de croiser des martins-pêcheurs, des hérons, des poules d'eau, d'apercevoir un jeune brochet dans l'eau transparente. Vous l'avez deviné : j'habite près d'une rivière, et j'ai un canoë dans mon garage ! Eh oui, d'habitude, j'imagine les aventures de Nitou ; mais celle-ci, je l'ai (presque) entièrement vécue ! »

2 L'illustrateur

Sébastien Pelon :

« La première fois que je suis monté dans un canoë, je n'avais pas bien compris le fonctionnement des pagaies. Il n'y avait pas de courant, et le seul mouvement que j'ai réussi à faire, c'est la toupie ! J'ai eu la tête qui tournait, mais pas à cause du mal de mer...

Mais je me suis réconcilié avec le canoë quand l'un de mes copains a voulu nous impressionner : il a sauté dans son kayak depuis la rive, le kayak s'est retourné, et mon copain avec. Il a bu une bonne tasse et s'est retrouvé trempé de la tête aux pieds ; une de ses chaussures a été entraînée par le courant (il y en avait ce jour-là !), il a fallu drôlement pagayer pour la rattraper... »

Table des matières

Achevé d'imprimer en février 2010,
chez Pollina (France) - L53951.